Le Comte de Monte-Cristo

FichesdeLecture.com

Le Comte de Monte-Cristo (Fiche de lecture)

I. INTRODUCTION

Le Comte de Monte-Cristo est un roman écrit par Alexandre Dumas (1802-1870), d'abord publié sous la forme d'un feuilleton pour la revue *Le Journal des débats* d'août à octobre 1844.

Le succès de l'œuvre est immédiat et immense, malgré quelques critiques d'« immoralité ». Jusqu'à nos jours, sa postérité ne s'est pas démentie, de même que son influence dans tous les arts, du cinéma à la bande dessinée en passant par le théâtre.

Si l'auteur était déjà célèbre, ce roman lui donne toutefois la place de romancier le plus populaire de son temps, et il rejoint Eugène Sue au rang des maîtres du roman-feuilleton. L'inspiration de l'ouvrage lui est venue de la réalité, lors d'un voyage en Méditerranée, mais aussi à partir de faits divers authentiques.

II. RÉSUMÉ DU ROMAN

Le roman s'ouvre le 24 février 1815, juste avant la période historique des Cent-Jours. A Marseille, le navire de l'armateur Morrel, nommé le Pharaon, s'apprête à accoster. Il est commandé par Edmond Dantès, en remplacement du capitaine décédé pendant le trajet.

Dantès se réjouit, car se profile pour lui une nomination au poste de capitaine, grâce au soutien notamment de l'armateur. Or ce travail et ce titre vont lui permettre de subvenir au bien-être de son vieux père, et d'épouser Mercédès, une jolie Catalane dont il est amoureux.

Cependant, certaines personnes sont jalouses de son succès. Parmi elles se trouvent Fernand Mondego, un pêcheur, Danglars, le comptable du navire et Caderousse, un ami très jaloux. Ceux-ci le dénoncent : il serait un agent bonapartiste… Dantès est alors arrêté au cours de son repas de noces. Il défend son innocence face au magistrat royaliste nommé Villefort, mais se retrouve au cachot dans le château d'If, car il portait en fait sur lui, sans le savoir, une lettre compromettante pour le père bonapartiste du magistrat. Dans sa geôle, Dantès se désespère et pense au suicide. Un autre prisonnier l'en détourne ; il s'agit de l'abbé Faria qui, en voulant s'évader par un tunnel, se retrouve dans la cellule du marin. Il entreprend avec lui une véritable éducation intellectuelle et spirituelle du jeune homme. Il lui révèle aussi un secret : il est héritier d'un trésor immense caché sur l'île de Monte-Cristo. Tous deux projettent leur évasion, mais Faria décède en léguant son trésor à Dantès.

Après quatorze ans d'emprisonnement, désormais libre et immensément riche, Dantès retourne à Marseille. Il découvre que son père est mort de faim, tandis que son ancienne fiancée s'est mariée à Fernand. Conscient du complot qui a conduit à son emprisonnement, Dantès aide anonymement l'armateur Morrel, son seul ami, et part pour l'Orient.

On le retrouve ensuite en Italie, en 1838. Il mène son existence sous l'identité de comte de Monte-Cristo. Il est amené à sauver le vicomte de Morcerf de quelques bandits italiens. Or ce dernier est en fait le fils de Fernand et de Mercédès. Cela lui permet de s'introduire dans la bonne société parisienne, c'est-à-dire parmi ses ennemis. Tous sont devenus de grands pontes et des hommes éminemment bien placés socialement. Par exemple, Danglars est banquier, Villefort est devenu le procureur du Roi et Fernand est Comte de Morcerf, général et pair de France.

Monte-Cristo, qui connaît leurs fautes et leurs secrets, ainsi que le sang qu'ils ont sur les mains, les ruine peu à peu et parvient à faire éclater leurs forfaits au grand jour. Par exemple, Fernand a trahi son ancien protecteur en le livrant aux Turcs. Monte-Cristo utilise sa fortune et ses relations humaines (telles que Haydée, fille de pacha) pour organiser des procès ou encore ruiner les traîtres. Villefort sombre dans la folie.

Le comte de Monte-Cristo a beaucoup de remords et décide d'épargner Danglars, qu'il avait prévu de faire mourir de faim. Il se contente donc de donner Valentine de Villefort en mariage à Maximilien Morrel, il protège Albert, le fils de Mercédès, et s'en va vers l'Orient avec Haydée une fois son entreprise de vengeance achevée.

III. PORTRAITS DES PROTAGONISTES

Edmond Dantès

Le Comte de Monte-Cristo, avant son emprisonnement, est un homme aimable et aimant, honnête et innocent. Malgré son intelligence, il n'a pas trop d'opinions. Il se contente d'essayer de progresser dans sa carrière afin d'assurer les vieux jours de son père. Il est également amoureux de Mercédès et admiratif de son patron, l'armateur.

Mais son emprisonnement le métamorphose. Il devient amer et plein de ressentiment et développe une obsession agressive envers ceux qui l'ont trahi. L'abbé, son compagnon d'infortune et nouveau maître spirituel, l'aide à reprendre pied, mais lorsque celui-ci décède, Dantès perd son unique véritable lien à un autre être humain. Il devient temporairement incapable de ressentir la moindre émotion. Tout au moins parvient-il à éprouver de la haine envers ses ennemis et de la gratitude envers ceux qui lui ont apporté leur soutien. Sous l'identité de Monte-Cristo (mais aussi sous d'autres emprunts, tels que Simbad ou Lord Wilmore), il paraît sillonner le monde comme un étranger, comme déconnecté, décalé des réalités humaines et uniquement intéressé par son devoir de rétablissement de la justice. Par chance, il finit par retrouver l'amour dans la personne d'Haydée, ce qui lui permet de retrouver un contact avec la réalité des êtres humains.

Danglars

Grâce à la guerre d'Espagne et au commerce d'armes, l'ancien comptable du navire devient richissime. Il devient banquier et prend le titre de Baron Danglars. C'est un homme cruel et sans pitié, qui n'a pas hésité un instant à trahir Dantès. Pourtant, cette trahison n'est pas le pire acte qu'il commette. En effet, Danglars abandonne sa femme et tente de vendre sa propre fille Eugénie contre trois millions de francs.

Plus il devient riche, plus son avidité s'accroît. Sa soif de richesse ne connaît donc aucune limite.

Même lorsqu'il se retrouve menacé par la famine (et donc qu'il risque de mourir de faim), Danglars préfère garder sa fortune plutôt que de payer de la nourriture à prix exorbitant. Son avarice est donc quasi pathologique.

Ce n'est qu'après qu'il ait fait acte d'amendement pour tous ses méfaits que Dantès accepte de l'épargner.

Mercédès

La jeune femme est l'ancienne fiancée d'Edmond Dantès. Elle devient ensuite l'épouse de Fernand. Bien qu'elle soit d'abord aimante et disposée à la bonté, sa faiblesse et sa timidité la conduisent à trahir son propre fiancé, après quelques mois seulement de deuil. Au final, elle vit misérablement et dans le regret de Dantès. A quelques occasions toutefois, elle se révèle courageuse. Ainsi, elle supplie Dantès d'aider à sauver la vie de son fils Albert.

A la fin du roman, Mercédès vit dans le dénuement le plus total. Elle est le personnage qui souffre le plus dans le roman, alors qu'elle n'est pas celle qui a commis le plus de crimes.

Caderousse

Il est le voisin de Dantès. Il est paresseux, quelque peu ivrogne et avide. Au contraire des autres traîtres, il n'atteint pas la fortune ni le rang espérés.

L'Abbé Faria

Lui aussi est prisonnier dans le même château, où il devient l'ami de Dantès. L'abbé est un esprit brillant, il possède une intelligence et une spiritualité développées qui le conduisent à enseigner de nombreuses leçons à son nouvel ami. Il lui apprend ainsi l'histoire, l'art et de nombreuses langues. C'est grâce à son trésor et son intervention que Dantès se métamorphose en Comte de Monte-Cristo.

Fernand Mondego

Il devient Comte de Morcerf, après avoir épousé l'ancienne fiancée de l'homme qu'il a trahi. Il est la première victime de la vengeance du Comte de Monte-Cristo.

Haydée

Elle est la fille d'Ali Pacha, vizir. Après avoir été vendue comme esclave suite à la trahison de son père par Fernand Mondego, Dantès rachète sa liberté et, une fois qu'elle est devenue adulte, tous les deux tombent amoureux.

Gérard de Villefort

Substitut du procureur, puis Procureur général, il condamne Dantès à la prison de manière abusive. Lui aussi est finalement puni par son ancienne victime.

Maximilien Morrel

Le fils de l'ancien chef et armateur de Dantès devient le protégé du Comte. Comme son père, il se montre honorable et digne de confiance.

Monsieur Morrel

L'armateur est un homme honnête et fidèle, ce qui fait que Monte-Cristo lui reste attaché et cherche même à le sauver dans le roman, puisqu'il le tire financièrement d'affaire lorsque ce dernier frôle la faillite.

IV. THÈMES DE LECTURE

Une œuvre contestataire

Sur de nombreux points, le roman d'Alexandre Dumas s'inscrit dans une perspective de revendication : l'auteur dénonce en effet les abus liés à la société de la Restauration et de la monarchie de Juillet.

En effet, toutes les valeurs semblent y être compromises, voire franchement inversées. Par exemple, ce sont des hommes criminels ou dépourvus de moralité qui ont les postes les plus importants, qu'il s'agisse de la justice, de l'armée, de la finance ou de la politique. Arrivisme, soif de pouvoir, avidité de richesse : le monde semble en pleine déchéance. La figure de Villefort est très représentative de cette critique. Il est censé incarner la justice de toute une société et la détourne de manière injuste pour protéger ses intérêts. On reconnaît là une influence de l'image sombre qu'ont les romantiques de leur société contemporaine. Toute légitimité paraît avoir disparu du champ des grands de ce monde, au sein du monde bourgeois issu de la Révolution.

Dumas se disait Républicain. Cependant, on ne trouve pas dans *Le Comte de Monte-Cristo* de traces d'une croyance dans le progrès social ou la légitimité du peuple en tant que solutions possibles aux abus du pouvoir en place, ou pour aider au rétablissement des valeurs dans la société. Il est d'ailleurs significatif que les personnages représentant le milieu populaire ne viennent pas relever le niveau : Caderousse, par exemple, ainsi que son épouse la Carconte, n'apparaissent pas comme des lumières...

Cependant, rappelons que l'Histoire ne sert que de toile de fond à l'écrivain. Dumas a d'ailleurs écrit que « C'est un clou auquel j'accroche mes romans. » Car le Comte de Monte-Cristo est avant tout un récit d'aventures, qui privilégie la multiplication des péripéties et les rebondissements de l'intrigue, dans un style volontairement vivant et agréable, afin d'être accessible au plus grand nombre.

C'est d'ailleurs peut-être le fait qu'aucune solution politique claire et figée dans le temps ne soit affichée ou proposée qui a assuré la pérennité et le succès de l'œuvre de Dumas. Elle n'a en effet, malgré ses critiques, jamais perdu de sa vivacité, ce qui aurait pu être compromis par une prise de position trop apparente et tranchée.

Le rêve comme solution ?

Faute de trouver des solutions populaires ou réalistes aux problèmes d'une société en pleine chute, Alexandre Dumas s'oriente vers des visions oniriques.

En effet, ici, le Comte de Monte-Cristo devient l'unique porte-parole des valeurs à sauver ; sous des identités aussi diverses que farfelues parfois, il incarne la figure de la vengeance (ce qui n'est pas véritablement la justice...), en se concentrant sur un système de récompenses et de punitions. Il vise ainsi à rétablir l'ordre et la justice là où la société a failli dans sa mission.

De cette manière, le Comte de Monte-Cristo apparaît quasiment comme un surhomme, un héros taillé sur mesure et semblant sortir tout droit d'une vision onirique. Il n'est pas philanthrope comme le Rodolphe d'Eugène Sue. Mais il apparaît comme un héros aux multiples visages, dont on ne sait jamais quand il va apparaître ou disparaître, et de quelle manière. D'ailleurs, sa naissance en tant que héros correspond au cheminement « classique », à savoir une initiation dans la douleur, puis une renaissance qui va s'orienter vers une quête visant à rétablir un équilibre bafoué entre le bien et le mal.

Nous sommes donc presque dans la légende.

La création d'un mythe

D'ailleurs, l'ouvrage a eu une postérité importante, qui a quasiment atteint le rang de mythe, puisque de nombreux romans, films, etc. sont venus reprendre le personnage et lui rendre hommage, ou simplement l'imiter. On peut citer des suites (*le Fils de Monte-Cristo* de Lermina), des variantes au roman (*Mademoiselle Monte-Cristo* de Mahalin), ou encore des feuilletons, d'époque récente également.

Alexandre Dumas lui-même a tiré trois pièces théâtrales, trois drames, de son roman original :

- *Monte-Cristo* (en deux soirées) au Théâtre-Historique les 2 et 3 février 1848
- *Le Comte de Morcerf* à l'Ambigu-Comique le 1er avril 1851.
- *Villefort* à l'Ambigu-Comique le 8 mai 1851.

On peut même aller plus loin en soulignant l'exploitation touristique actuelle qui est faite de l'ouvrage. Ainsi, en se rendant au château d'If, il est aujourd'hui possible de visiter la prétendue « cellule d'Edmond Dantès », au large de Marseille.

L'exploitation du « réalisme » a même été jusqu'à creuser un trou pour le tunnel entre la cellule de l'abbé et celle du héros.

Le recours aux symboles

L'océan

Il symbolise le renouveau et une sorte de baptême symbolique pour Dantès. Dès l'instant où il plonge et s'évade, il est destiné à renaître au monde sous de nouveaux traits, qui seront ceux du Comte.

De plus, en s'éloignant du monde terrestre, il navigue de plus en plus, ce qui est un autre symbole lié à l'océan.

Le sac de soie rouge

Utilisé à plusieurs reprises, cet objet représente le lien fort revendiqué entre bonne action et récompense.

Ces symboles peuvent paraître dérisoires, mais ils soulignent la vision poétique et onirique de l'écrivain, qui n'est donc pas réductible qu'à l'écriture de l'action ou de la critique sociale et politique.

Dans la même collection en numérique

Les Misérables
Le messager d'Athènes
Candide
L'Etranger
Rhinocéros
Antigone
Le père Goriot
La Peste
Balzac et la petite tailleuse chinoise
Le Roi Arthur
L'Avare
Pierre et Jean
L'Homme qui a séduit le soleil
Alcools
L'Affaire Caïus
La gloire de mon père
L'Ordinatueur
Le médecin malgré lui
La rivière à l'envers - Tomek
Le Journal d'Anne Frank
Le monde perdu
Le royaume de Kensuké
Un Sac De Billes
Baby-sitter blues
Le fantôme de maître Guillemin
Trois contes
Kamo, l'agence Babel
Le Garçon en pyjama rayé
Les Contemplations

Escadrille 80
Inconnu à cette adresse
La controverse de Valladolid
Les Vilains petits canards
Une partie de campagne
Cahier d'un retour au pays natal
Dora Bruder
L'Enfant et la rivière
Moderato Cantabile
Alice au pays des merveilles
Le faucon déniché
Une vie
Chronique des Indiens Guayaki
Je voudrais que quelqu'un m'attende quelque part
La nuit de Valognes
Œdipe
Disparition Programmée
Education européenne
L'auberge rouge
L'Illiade
Le voyage de Monsieur Perrichon
Lucrèce Borgia
Paul et Virginie
Ursule Mirouët
Discours sur les fondements de l'inégalité
L'adversaire
La petite Fadette
La prochaine fois
Le blé en herbe
Le Mystère de la Chambre Jaune
Les Hauts des Hurlevent
Les perses
Mondo et autres histoires
Vingt mille lieues sous les mers
99 francs
Arria Marcella
Chante Luna

Emile, ou de l'éducation
Histoires extraordinaires
L'homme invisible
La bibliothécaire
La cicatrice
La croix des pauvres
La fille du capitaine
Le Crime de l'Orient-Express
Le Faucon malté
Le hussard sur le toit
Le Livre dont vous êtes la victime
Les cinq écus de Bretagne
No pasarán, le jeu
Quand j'avais cinq ans je m'ai tué
Si tu veux être mon amie
Tristan et Iseult
Une bouteille dans la mer de Gaza
Cent ans de solitude
Contes à l'envers
Contes et nouvelles en vers
Dalva
Jean de Florette
L'homme qui voulait être heureux
L'île mystérieuse
La Dame aux camélias
La petite sirène
La planète des singes
La Religieuse
1984 A l'Ouest rien de nouveau
Aliocha
Andromaque
Au bonheur des dames
Bel ami
Bérénice
Caligula
Cannibale
Carmen

Chronique d'une mort annoncée
Contes des frères Grimm
Cyrano de Bergerac
Des souris et des hommes
Deux ans de vacances
Dom Juan
Electre
En attendant Godot
Enfance
Eugénie Grandet
Fahrenheit 451
Fin de partie
Frankenstein
Gargantua
Germinal
Hamlet
Horace
Huis Clos
Jacques le fataliste
Jane Eyre
Knock
L'homme qui rit
La Bête humaine
La Cantatrice Chauve
La chartreuse de Parme
La cousine Bette
La Curée
La Farce de Maitre Pathelin
La ferme des animaux
La guerre de Troie n'aura pas lieu
La leçon
La Machine Infernale
La métamorphose
La mort du roi Tsongor
La nuit des temps
La nuit du renard
La Parure

La peau de chagrin
La Petite Fille de Monsieur Linh
La Photo qui tue
La Plage d'Ostende
La princesse de Clèves
La promesse de l'aube
La Vénus d'Ille
La vie devant soi
L'alchimiste
L'Amant
L'Ami retrouvé
L'appel de la forêt
L'assassin habite au 21
L'assommoir
L'attentat
L'attrape-coeurs
Le Bal
Le Barbier de Séville
Le Bourgeois Gentilhomme
Le Capitaine Fracasse
Le chat noir
Le chien des Baskerville
Le Cid
Le Colonel Chabert
Le Comte de Monte-Cristo
Le dernier jour d'un condamné
Le diable au corps
Le Grand Meaulnes
Le Grand Troupeau
Le Horla
Le jeu de l'amour et du hasard
Le Joueur d'échecs
Le Lion
Le liseur
Le malade imaginaire
Le Mariage de Figaro
Le meilleur des mondes

Le Monde comme il va
Le Parfum
Le Passeur
Le Petit Prince
Le pianiste
Le Prince
Le Roman de la momie
Le Roman de Renart
Le Rouge et le Noir
Le Soleil des Scortas
Le Tartuffe
Le vieux qui lisait des romans d'amour
L'Ecole des Femmes
L'Ecume Des Jours
Les Bonnes
Les Caprices de Marianne
Les cerfs-volants de Kaboul
Les contes de la Bécasse
Les dix petits nègres
Les femmes savantes
Les fourberies de Scapin
Les Justes
Les Lettres Persanes
Les liaisons dangereuses
Les Métamorphoses
Les Mouches
Les Trois mousquetaires
L'étrange cas du Dr Jekyll et de Mr Hyde
L'Ile Au Trésor
L'île des esclaves
L'illusion comique
L'Ingénu
L'Odyssée
L'Ombre du vent
Lorenzaccio
Madame Bovary
Manon Lescaut

Micromégas
Mon ami Frédéric
Mon bel oranger
Nana
Ne tirez pas sur l'oiseau moqueur
Notre-Dame de Paris
Oliver twist
On ne badine pas avec l'amour
Oscar et la dame rose
Pantagruel
Le Misanthrope
Perceval ou le conte du Graal
Phèdre
Ravage
Roméo et Juliette
Ruy Blas
Sa Majesté des Mouches
Si c'est un homme
Stupeur et tremblements
Supplément au voyage de Bougainville
Tanguy
Thérèse Desqueyroux
Thérèse Raquin
Ubu Roi
Un Barrage contre le Pacifique
Un long dimanche de fiançailles
Un secret
Vendredi ou la vie sauvage
Vipère au poing
Voyage au bout de la nuit
Voyage au centre de la terre
Yvain ou le Chevalier au lion
Zadig

À propos de la collection

La série FichesdeLecture.com offre des contenus éducatifs aux étudiants et aux professeurs tels que : des résumés, des analyses littéraires, des questionnaires et des commentaires sur la littérature moderne et classique. Nos documents sont prévus comme des compléments à la lecture des oeuvres originales et aide les étudiants à comprendre la littérature.

Fondé en 2001, notre site FichesdeLectures.com s'est développé très rapidement et propose désormais plus de 2500 documents directement téléchargeables en ligne, devenant ainsi le premier site d'analyses littéraires en ligne de langue française.

FichesdeLecture est partenaire du Ministère de l'Education du Luxembourg depuis 2009.

Plus d'informations sur www.fichesdelecture.com

www.fichesdelecture.com

ISBN: 978-2-511-02897-1

Notes :

www.ingramcontent.com/pod-product-compliance
Lightning Source LLC
La Vergne TN
LVHW052043160826
845678LV00016B/3603